幼兒全語文 階梯故事 系列

樹伯伯生病了

袁妙霞 著
野人 繪

園丁文化

小白兔來到稻田，問：「雞媽媽，
你在做什麼？」

雞媽媽拿着鐮刀，說：「禾稻成熟了，
我要收割呀！」

小白兔來到果園，問：「猴子姐姐，你在做什麼？」

猴子姐姐拿着籃子，說：「果子
成熟了，我要採摘呀！」

小白兔來到樹林。

小白兔叫道：「不好了，樹伯伯
生病了。」

樹伯伯說：「不，秋天來了，我要落葉呀！」

導讀活動

進行方法:

❶ 讀故事前,請伴讀者把故事先看一遍。
❷ 引導孩子觀察圖畫,透過提問和孩子本身的生活經驗,幫助孩子猜測故事的發展和結局。
❸ 利用重複句式的特點,引導孩子閱讀故事及猜測情節。如有需要,伴讀者可以給予協助。
❹ 最後,請孩子把故事從頭到尾讀一遍。

封面
1. 圖中的樹伯伯發生什麼事了?
2. 請把書名讀一遍。

P2
1. 雞媽媽身後的金黃色東西是什麼?
2. 你猜小白兔在哪裏遇見雞媽媽了呢?

P3
1. 雞媽媽旁邊的是什麼工具?那是用來做什麼的?
2. 你知道禾稻是什麼季節成熟的呢?

P4
1. 小白兔又來到什麼地方?他在這裏遇見誰呢?
2. 樹上掛着的是什麼東西?這些果子成熟了嗎?

P5
1. 猴子姐姐在做什麼?
2. 樹上的果子成熟了,如果不採摘,你猜會怎樣呢?

P6
1. 小白兔又來到什麼地方?
2. 這裏的樹葉有黃有綠。你知道樹葉會在什麼季節變黃嗎?

P7
1. 小白兔在樹林遇見誰呢?
2. 樹伯伯的身體出了什麼問題?為什麼小白兔以為樹伯伯生病了?

P8
1. 你猜對了嗎?
2. 樹伯伯真的生病了嗎?如果不是,他為什麼會落葉呢?

說多一點點

 知識點 ## 秋天的活動

秋天天氣涼快，是進行戶外活動的好季節。你喜歡進行下面的活動嗎？

① 遠足

② 放風箏

③ 燒烤

④ 郊遊

10

字卡

❶ 把字卡全部排列出來，伴讀者讀出字詞，請孩子選出相應的字卡。
❷ 請孩子自行選出多張字卡，讀出字詞並口頭造句。

請沿虛線剪出字卡。

稻田	拿	鐮刀
禾稻	成熟	收割
果園	採摘	樹林
生病	秋天	落葉

幼兒全語文階梯故事系列
第3級（中階篇）

《樹伯伯生病了》

©園丁文化

幼兒全語文階梯故事系列
第3級（中階篇）

《樹伯伯生病了》

©園丁文化

幼兒全語文階梯故事系列
第3級（中階篇）

《樹伯伯生病了》

©園丁文化

幼兒全語文階梯故事系列
第3級（中階篇）

《樹伯伯生病了》

©園丁文化

幼兒全語文階梯故事系列
第3級（中階篇）

《樹伯伯生病了》

©園丁文化

幼兒全語文階梯故事系列
第3級（中階篇）

《樹伯伯生病了》

©園丁文化

幼兒全語文階梯故事系列
第3級（中階篇）

《樹伯伯生病了》

©園丁文化

幼兒全語文階梯故事系列
第3級（中階篇）

《樹伯伯生病了》

©園丁文化

幼兒全語文階梯故事系列
第3級（中階篇）

《樹伯伯生病了》

©園丁文化

幼兒全語文階梯故事系列
第3級（中階篇）

《樹伯伯生病了》

©園丁文化

幼兒全語文階梯故事系列
第3級（中階篇）

《樹伯伯生病了》

©園丁文化

幼兒全語文階梯故事系列
第3級（中階篇）

《樹伯伯生病了》

©園丁文化